KB231073

보라의 바깥

보라의 바깥

이혜미 시집

창비

차례

제1부 ___

얼음편지 010

사라질 권리 012

비취 013

어비목(魚比目) 014

보라의 바깥 016

0번 018

피어리 아라베스크 020

물의 방 022

측백 그늘 023

제3통증 024

푸른 꼬리의 소년 026

토요일의 주인 028

만월, 애태타 030

리샨 032

제2부 ___

문득 말하기를 멈추고 우리는 034

침몰하는 저녁 036

춤의 독방 038

표면장력 039

카오스모스 040

거울 속 일요일 042

들키지 마라 043

불면 044

이제 누가 리라를 연주하지? 046

청록색의 여인 048

마트로시카 049

미러볼 050

블랙아웃 052

농도 짙은 방 053

제3부 ___

요천(天天) 056

혓바늘 057

한 마리의 어둠 058

방란(放卵)의 밤 060

달 속에 청어가 산다 061

그믐밤 062

초경(初鏡) 064

새벽꽃 065

은연 066

빗속의 블루마블 068

3초 튤립 069

퍼플 버블 070

홀 072

제4부 ___

어느 새 074

귓속말 076

소름 077

팔걸이가 있는 의자 078

링반데룽 080

각인(刻印) 082

곁 084

골목의 가감법 085

메스칼린 086

인어의 시간 088

스텝 바이 스텝 090

풍문 092

투어(鬪魚) 094

해설 | 허윤진 096
시인의 말 112

제1부

얼음편지

어떤 문장들은 사라지기 위해 태어납니다 얼어버린 소리 속에 과거를 담그고 환생에 대해 이야기할 때, 나의 미욱한 음절들은 수줍게 비약 속으로 숨어듭니다 광물의 조흔색을 흉내내며 당신 살에 얼굴을 부비면, 나에게서 조난당한 탄흔들이 당신에게로 쏟아져내릴까요 이 문장을 더듬어볼 당신 눈동자를 떠올리면 심장의 뒤편이 수지류 수목들로 울창해집니다 흔적, 오직 흔적을 남기고 떠나기 위해 먼 나라의 기후들은 닫힌 당신의 창가에서 밤새 정처 없습니다

살얼음 낀 눈으로, 겨울은 창 너머 순하게 낡아가는 구름들을 채록하는 중입니다 발자국들이 자신이 가진 지평선을 가만히 들었다가 흩트리는 지금, 냉해 입은 식물의 어두운 뿌리가 되어 문장들 속으로 저물어가고 싶습니다 파충의 보호색처럼 온몸으로 자신을 부정하는 일을 우리는 평생에 걸쳐 연습해야 할 테니까요 다만 잊혀지지 않기 위해, 오래도록 흐르고 또 얼어야 합니다

그러니 아직 문장은 계속되어야 합니다 빛의 단도가 흐

리고 모호했던 당신의 꿈속을 난도질할 때, 이 문장들을 녹이고 부수어 그 붉은 담즙으로 사라지려는 당신의 눈을 씻어야겠습니다 나에게서 당신에게로 떠나가는 기억들을 위해, 또 어떤 문장들은

사라질 권리

가시 하나 뽑아주지 못해 온몸 푸르다 솟아오른 모진 싹마다 독 맺혀 영롱하다 손톱마다 습한 수액이 방울방울 돋아나고, 팔을 깊이 휘저어 문득 닿은 손끝이 순식간에 녹아들어 얼룩으로 스민다 음각된 그림자를 받아 마시고 캄캄한 동공을 얻어 괴사(壞死)하는 저녁

내 옆에 한 점의 온도로 누웠던 달이 투명하게 타오른다 무슨 잉여가 이토록 아름다운 매듭이 있어 저 틈을 품었는가 세계의 이부자리가 검은 물로 흥건하다 사라진 너는 온전히 나만의 것, 잠시의 진동과 마찰이 우리를 간신히 두 사람이게 했을 뿐

입술의 절단면을 타고 흐르던 무늬가 푸른 무덤으로 고인다 희고 날카로운 달의 두 뿔이 맞닿을 때, 유리같이 서려 있는 사람의 테두리를 잠시 만져보는 것처럼 창백한 일은 없었다 누군가 심어두고 떠난 가시를 기억하는 입속은 이미 부재가 사는 집이다

비취

　그가 물관을 꺼내 내 손금에 심어주었네 비취, 입술을 오므리며 먼 나라의 푸른 돌을 불러 윗입술부터 차오르는 바다, 그 출렁이는 숨을 당겨 맡으면 차갑고 청록의 것들이 부드럽게 밀려들어 단단한 심장을 쓸고 지나갔네 뜨거운 입김도 없이, 살얼음으로 짠 구름을 나누어 덮고 우리는 서로의 속을 궁금해하다 잠들었지

　이름을 훔쳐가줘, 떠나는 계절 대신 가장 아름다운 얼음의 장신구를 줄게

　오래 머문 것들은 제 몸에 캄캄한 빛을 새긴다 물관에서 흘러나온 푸른 파문들이 가지마다 스며들어 얼어붙은 핏줄을 현(弦)으로 삼는가 떠나는 길보다 돌아오는 걸음이 더 낯설어질 때, 손 닿자마자 녹아드는 푸른 꽃잎

　그를 위한 두 개의 이름을 가지려네
　일렁이는 손금마다 길을 잇대며
　쓰러져 바깥이 되는 것들을 위해

어비목(魚比目)[*]

얼굴을 다발로 켜들고 그것들이 부딪는 모양을 살핀다

견(繭)으로 긁어 소리를 내는 악기를 품에 안으면

손가락 끝이 하얀 가루들로 젖어 반짝였다

당목이 종을 쳐 배꼽이 아홉 갈래로 진동할 때

비록 헛꽃일지라도 그 홍채가 오래도록 요동치고

꽃뚜껑에 숨이 고여 유정(遺精)을 부르는데

두 묶음의 타액을 나누어 하나의 눈을 가지니

실타래가 비로소 풀려 일궈낸 색이 된다

음악의 종지를 알리는 검은 가슴마다

고백과 고문이 서로 앉을 자리를 겨루었고

엇대인 두 아가미가 투명한 회문(回文)으로 얽혀들면

아직 아무것도 피어나지 않는 이음새의 시간

* '물고기 두 마리가 눈을 맞대는 모양'이라는 뜻으로, 체위의 일
  종.

보라의 바깥

눈 마주쳤을 때
너는 거기 없었다

물컹한 어둠을 헤집어 사라진 얼굴을 찾는 동안, 고개를
돌리는 곳마다 시선의 알갱이들이 쏟아진다 산산이 뿌려진
눈빛들이 나를 통과하여 사라져갔다

나는 도망친다
빛으로부터.

눈을 감는 순간 빛은 갇히고 눈동자 속에서 서서히 죽어
간다 그건 서로에게로 건너가려는 시간들, 오늘 죽인 나비
를 태어나기 전부터 기다리는 일 새로운 명명법을 익힐 때
마다 공기의 농도가 진해져갔다 점점 맑아지며 밖을 향해
솟아오르는 행성의 온도

유리로 만든 베일을 쓰고 대기권을 바라본다 나는 이곳
에 색(色)을 짊어지러 온 사람, 얼음조각 속에 우연히 들어

간 공기방울처럼 스스로 찬란할 수 있을까 관여할 수 없고,
무엇과도 연관되지 않는 것들이 있었다 그것을 만져보는
순간, 세계는 투명하고 위태롭게 빛난다

이제야 나는 이곳에 도착한 것이다
눈을 감고
몸 안을 떠다니는 흐린 점들을 바라본다
발밑으로 빛의 주검들이 흘러내렸다

0번

0번이라니, 그대에게 내가, 있으면서도 없는 것이라니, 태초라니, 한없이 둥글어져 한생 먹이는 무덤이라니, 당신이 있는 힘껏 모아쥔 손가락이 빚어낸 최초의 손짓일 수 있다니, 모든 것의 처음인 동시에 가장 비루한 소멸인, 세기 위해 열 손가락 모두를 부러트려야 닿을 수 있는 먼 나라에…… 어지러이 0의 궤도를 따라 돌고 또 돌던 밤

어느 시인이 말이야, 자기가 죽으면 몸을 둥글게 말아 머리카락을 발가락 끝에 묶고 둥근 관에 넣어 장사 지내달라고 했대…… 시인이고 싶었던 당신은, 깊은 밤 궤도를 돌던 내가 꾹 누를 수 있는 하나의 단축버튼이고 싶던 당신은 이제 조금씩 작아진다 둥글어진다

머리카락 끝자락과 발끝이 만나 비로소 생전에 다하지 못했던 핏기운 돌고, 점점 움츠러들고 축축해지며 다시 태아로 돌아가려는 것인데, 0번 속에 묻은 당신을 가만 쓰담아보면 선연히 떠오르는 둥그런 관의 기억 매시간 죽음을 살며, 다시 태어나는 준비를 하며, 당신은 그렇게 살아온 모

양이다 그래서 당신이 어둠만큼의 질량과 빛만큼의 눈물어린 부피를 가지게 된 모양이다

0번을 눌러 당신을 부르면 기다렸다는 듯 그대가 깃든 관이 내 눈 앞에 나타날 것 같다 둥그런 당신 관에 들어 몸을 잔뜩 움츠리고 손가락을 빨고 있을 당신에게 젖을 물려줘야지 당신이 다시 태어나는 날, 세상에 스며든 나도 함께 울음 터트리며 마지막 숨을 쉬는 그런 날이, 모르긴 몰라도 오기는 오겠지

피어리 아라베스크

쇄빙선도 없이, 오늘 나는 버려진 성의 이름을 가진 이곳에 이르렀네 추위는 한결 가서 나에게는 아직 몇개의 발가락이 남아 있네 그 무성한 꼭짓점들을 이어 안팎의 문양을 분명히 한 자리마다 세심하게 치장된 빙영(氷映)들이 점점이 돋아났네 북극의 수평선은 온도를 버린 광점들로 가득했지

빙궁의 벽에 볼을 대고 그것이 떨어져나가기를 기다렸네 가장 추레한 방식으로 얽히고 스며 단 한 줄로 이루어진 면(面)이 될 때, 신경은 자라나는 무늬 눈먼 돌산들과 얼음안개 속에서 우리는 서로에게 도달할 수 있었을까

얼음에서 물의 끈이 풀려나오고 있네 사람의 온도가 먼 지형의 모서리를 허무는 일이네 두 팔을 벌리고 극(極),이라 발음할 때마다 품속에서 수평선이 팽팽해졌고 파문이 일어 끝을 모르고 뻗어나갔네

이제 그대는 남동으로 배를 돌리는가 아문젠, 나는 보존

될 것이네 차고 말랑한 끈을 목에 감고 연분홍의 꿈을 불러
들이면 감각의 끝단마다 발가락이 외롭게 자라나겠지

물의 방

파문이 시작되는 곳에 두 개의 원이 있었다. 테를 두르며 퍼져나가는 동그라미 동그라미들. 너와 나는 끊임없이 태어나는 중인 것 같아, 물속에 오후를 담그고 우리의 방(房)은 빛나는 모서리를 여럿 매달았다. 수면을 향해 아무리 불러도 충분하지 않은 노래였고, 그저 유영하기 위해 한껏 열어둔 아가미였지. 그래 우리는 만져줄수록 흐려지고 미천해지는 병에 걸렸어. 투명한 벽에 이마를 짓찧으며 여러 날을 낭비했었다. 단단한 눈물을 흘렸고, 얼굴이 사라지는 대신 아름답게 구부러진 다리를 얻었다. 유리 너머로 흐르던 색들이 우리 몸에서 묻어난다. 짧고, 하얀 소리가 났다.

측백 그늘

너는 해초마냥 나를 휘감았네 내 머리카락도 천 개의 손
이 되어 너와 얽혀들었지 손가락 사이로 푸른 비늘 출렁이
는데, 이끼 덮인 너의 몸은 요동치는 한 마리 물고기였네

한 욕조에 든 것처럼 비린 그늘 쏟아졌다 먹먹하게 헐떡
이는 너의 아가미가 밀려들어오면 바다, 그 물비늘들이 끝
내 나를 눈멀게 했다 엎질러진 그림자를 황급히 주워담으
며 자꾸만 늑골 어디쯤이 흥건했는데 아아 네 속에 들어 이
제는 반만 처녀인 나를 어쩌면 좋을까 눈부신 모습 뒤로 습
한 그늘을 숨기는 습관은 너에게 배운 것이어서 감당하지
못할 살만 골라 사랑했던가 수맥의 흐름 속으로 콸콸 흐르
고 싶은 내가 또 네가 아찔했다 고단한 뿌리를 움찔거리는
너, 그 속에서 소용돌이치는 치명(致命)

너의 비릿한 아가미 속에 들던 날, 이제 그만
나를 모른 체하고 싶었네

제3통증

없는 네가 가장 아름답다

일생에 단 한번 붉은빛 새순을 틔우고 비틀비틀 떠나는
자여, 어디에서 비척이며 연명하던 행려병자이기에 부끄러
움 모르고 알몸으로 섰는가 가시 박힌 수레바퀴를 굴리며
네가 다가온다 오늘 세계는 물그릇처럼 아프다 밤의 태양
은 두꺼운 이불을 뒤집어쓰고

두려워 울고 있다 홀로의 좌표들을 풀어놓고 너의 입술
을 만지는 일은 세로로 여닫힌 괄호를 더듬는 일 같았다 네
생에 조금 관여해보고 싶었을 뿐인데, 얼음을 꽉 쥐면 슬픔
에서 뜨뜻미지근한 물이 흘러나온다 너는 천천히 젖어간다
왜 돌아가는가, 물어볼 적마다 꿈의 언저리에서 자꾸만 두
발이 굳어갔다 수은이 흐르는 강을 건너며, 오늘은 등(燈)
을 켜들지 말자 벼랑 근처에서 머뭇거리는 너의 눈가에 별
들이 가득 고였으니 한 밤을 버리고 굳어버린 매듭을 얻어
불행의 화관을 쓰게 될지라도

휘발하는 것만이 우리의 경전이다
네가 선물해준 거울은 아름다웠으나
아무리 닦아도 얼굴이 떠오르지 않았다

푸른 꼬리의 소년

우주선은 늘 무언가를 데려갔지
이를테면 잠.

너의 오른쪽 안구에선 난초향이 나*
화상 입은 자리의 조용한 반짝임

싱클레어, 눈 녹는 소리가 들려
넓고 깊게 젖은 오늘이
뒤척이며 이쪽을 돌아봐주었으니까
우리는 세 번의 만남을 가질 수 있을 거야

네가 신고 온
(잠 대신 감각)

네 말에는 보폭이 적고
내 눈에는 체류가 없어서
우리는 두려운 얼굴로 하루를 다물 뿐

오늘 네가 나를 안고
푸르고 캄캄한 꼬리를 휘저으면
부드러운 계단이 조용히 밀려와,
층계를 내려가니 바닥이 녹아내려
그 밑으로 하늘이 보였어

* 로로스(Roro's)의 노래 제목.

토요일의 주인

내가 지어준 병명을 다발로 모아쥐고
너는 불구의 리본을 매달았다

너는 묻는다
개연성 없이 흩날리는
저 무수한 의미들에 대해

토요일의 눈사람들은 모두 어디로 갔지?

오늘은 그들의 기일(忌日),
푸르고 뾰족한 바람의 손을 잡고
그들은 터벅터벅 걸어와
네 파리한 치맛자락에 몸을 던진다

소녀여, 눈사람의 살을 붉게 적시며,
그 순결이 부끄러워 눈을 감는다

겨우 한 줄기의 따듯함으로

눈사람의 목울대가 깊이 젖는다

세상이 한 장의 얇은 종이가 되어
네 드레스 자락 무성해질 때

만월, 애태타

애태타(哀駘它), 당신의 굽은 등으로 깃드는 밤

낙타처럼 슬픈 사나이, 당신을 좇아 앞뒷면이 거울인 관 속에 누워 만월을 기다렸다 애태타, 허리가 부러져 죽은 꽃들의 영혼이 당신을 이 척박한 땅에 부려놓았는가 당신에게로 도망가는 나의 유령들이 부풀고 젖어 등이 시리다 당신을 두드리다, 두드리고 또 두드리다 그 굽은 등 속으로 내가 들어앉고야 만 밤 애태타, 당신을 폐허가 되도록 경애(敬愛)하여 이 밤을 덮은 모든 주름들이 나를 향한다

사랑하는 나의 꼽추, 당신의 잉여를 질투하며 세상의 모서리들이 다투어 쏟아졌고 어떠한 바깥도 거느리지 않은 채 달이 제 내부를 드러내곤 했었다 한 상 가득 병(病)을 차려둔 밥상에서 꿈과 뼈는 깊고 또 멀어, 내가 더럽힌 종이 위로 헛것들이 길게 누웠는데 애태타, 평생 당신의 시간만을 찾아 헤매다 죽은 여인도 있었다 당신을 위해 등의 언어를 배우고 구부러진 것들만을 사랑한 남자도 있었다 잔인한 꼽추여, 어떤 따스한 궁(宮)이 있어 활처럼 당겨진 그대

등 속으로 새벽이 깃들 수 있겠는가 그때 나는 비로소 당신
의 곤혹과 함께할 수 있겠는가 당신이 하나의 거대한 물음
이었던 것처럼, 그리하여 오롯한 무덤이 되었던 것처럼

애태타, 당신의 무덤에 그 어떤 치욕도 옮겨심지 못해 울
며 떠나간 이들은, 쏟아져내린 시간의 주검들을 등에 인 채
오래도록 어둠속으로 망명해야 했네 그대 창백한 이마가 무
릎에 온전히 닿을 때까지, 그렇게 한없이 둥글어질 때까지

리샨

잘자요. 당신의 미간에 입술을 묻으며 나는 간신히 서정에 가까워집니다 양쪽 귀를 자르고 그대를 데려다 눕히면, 당신의 비밀이 잠 속에서 간명한 목차를 얻습니다 찢어진 머리카락을 휘날리는 병든 신부여, 피 흐르는 소리에 밤새 뒤척이는 우리는 육삭(肉爍)을 앓는 식물들입니다

헐거운 직물을 닮은 혀를 꺼내어 서로의 실밥을 나누어 가질 때, 당신의 얼굴에서 분명하고 더러운 것이 흘러나옵니다 난간에 머리가 잘려 내걸린대도 놀라지 말아요 리샨, 오월이기 때문입니다 당신의 조갈이 오래될수록 응고된 핏줄에 신경이 잇대어져 예민한 퀼트를 엮어낼 수 있을 것입니다

달이 떠나기 전에 인사를 나눕시다 한번은 당신의 몸을 지나가야 할 길고 가느다란 바늘에게, 피부를 버리고 뼈를 말리는 동안 *굿나잇*, 세상을 모르는 억양으로

제2부

문득 말하기를 멈추고 우리는

해바라기들의 사원으로 떠난다
태양의 검버섯을 뚫어지게 바라보며

그곳에 목소리를 가져가는 자들은
빛깔과 감각을 감금당한 채로
실패한 주문들만 평생토록 필사해야 하리라

우리는 오염된 우물을 나누어 마시고
남아 있던 난문(難文)들을 게워냈다

태양을 증오하던 해바라기들은
그들의 동공이 재가 될 때까지
붉은 수레의 궤적을 뒤쫓았다

전리품은 한 움큼의
…………

문설주에 음각된 아름다운 독백들이

동녘의 몰락을 기다린다

무엇을 박탈당했는지도 모른 채
우리는 맵시있고 완벽하게

침몰하는 저녁

내가 밑줄 친 황혼 사이로 네가 오는구나 귀밑머리 백발
이 성성한 네가 오는구나 그 긴 머리채를 은가루 바람처럼
휘날리며 오는구나 네 팔에 안긴 너는 갓 태어난 핏덩이,
붉게 물든, 모든 저물어가는 것들의 누이가 되어 오는구나
네가 너에게 젖을 물리고 세계의 발등이 어둠으로 젖어든
다 너의 모유는 계집아이의 초경혈마냥 붉고 비리고 아픈
맛, 나는 황홀하게 너의 젖꼭지를 덧그리고 있었다

내가 붉게 표시해둔 일몰이 세상으로 무너져내리던 날
배냇시절의 너를 안고 네가 나에게 오는구나 네가 발 디디
던 곳마다 이름을 버린 잡풀 잡꽃 들이 집요하게도 피어나
던 거라 옅은 바람에도 불쑥 소름이 돋아 위태로운 것들의
실뿌리를 가만 더듬어보면 문득, 그 뿌리들 내 속으로 흘러
들어와 붉게 흐르고 나 역시도 이름 버린 것들의 누이가 되
고 말 것 같은데

나에게 진한 붉음으로 표식을 남긴 저물녘을 건너 비로
소 네가 오는구나 세계는 자꾸 움츠러들며 둥글어지려 하

고 잘린 나의 탯줄에 다시 뿌리가 내리면, 너는 저물며 빛을 키우고 빛이 저물며 어둠을 잉태하고 어둠이 다시 너를 산란한다 그 속에서 나도 세상과 함께 움츠러들며 둥글어지던 것인데, 처음으로 돌아가려던 것인데, 내 속의 실뿌리들이 흔들리며 누이야 누이야, 내가 버리고 온 나의 이름을 목놓아 부르던 거라 물관으로 흐르는 맑은 피는 양수가 되고…… 체관으로 흐르는 진득한 피가 세계에 지천으로 꽃을 피워내는데…… 아아 네가 오더구나, 모든 것들의 처음과 끝인 네가 오더구나

춤의 독방

나는 이제 막 절망하기를 마친 사람. 무엇의 중심도 되지 않으려 너의 손을 잡고 경쾌하게 돌고 돈다 흐린 장막이 펼쳐진다. 두렵지 않니? 서로 다른 몸이 하나의 시간에게 벌이는 일이. 두근대지 않니? 저 수많은 점들이 편재(偏在)하며 사람에게 문양을 허락하는 일이.

그것들 별자리를 이룰 줄 알았는데. 잘못 그어준 선들이 서로를 깊이 추워한다. 나는 무엇이라도 붙잡고 흐르는 자, 문장이 아닌 척 노래 속으로 스며들면 너의 불신은 얼마든지 나의 양식이 된다. 이 음악이 끝나더라도 홀로 있는 한 너와 나는 완벽해진 한 쌍.

아름다운 그림자를 가지기 위해 서로를 배제하는 법을 익혔지. 그것을 너는 소용되지 않는 말들로 이루어진 행성이라 했지만, 나는 그 어둠에 손을 담근 채 떠나갈 수 있을 것이라 믿었다. 우리는 흩어지고 싶었던 것 같은데. 장막이 걷힌 후에는 끔찍하게 선명한 얼굴, 얼굴들,

표면장력

팽팽히 당겨진 활시위. 어느 괄호에도 속하지 못한다.

눈. 마주치는 순간 울먹이는 별, 범람할 듯 범람하지 않는

눈물. 몸을 찢고 달아나는 총알.

시간의 탄피. 너는 많은 문명들을 편애했다.

꽃. 가지마다 맺힌 계절의 타협점.

자위. 몸 안을 떠돌다 귀두 끝으로 모이는 폭설.

혀의 수심. 수문을 열면 펄펄 흘러내리는 언어들.

꿈. 범람. 온 밤을 다해 영혼에게 올리는 집요한 미사.

태양. 아침마다 터지는 폭죽. 축제가 끝날 때까지.

카오스모스
바람개비가 돌아가는 시간

건기의 끝자락에서 목마른 손톱이 서걱거렸다
열두 개의 주관적인 매듭으로 아침을 엮고
동그란 표정의 소년들은 찬송가를 부르며
서정적으로 월경일만을 기다렸다

그늘이 한 뼘씩 위태롭게 쌓여갔고
암순응보다 어려운 것은 완벽한 손나팔을 만들어
저 멀리 날개를 터는 새들을 부르는 일
나무딸기가 침묵하는 대신
민소매 소녀들의 입속이 더 붉어졌다

가여운 소년들, 동산을 잃어버린 소녀들은
구름을 찢어 신고 걸음을 아껴 걸었으나
서로가 쏜 손가락 권총을 맞고 줄지어 쓰러져갔다

번식에 대한 묘사는 모두 봉인되었다
바람개비만이 남아 폭풍을 다급히 의역하는 시간

무너진 동산에서 도돌이표들이 일제히 창궐하기 시작했다

거울 속 일요일

당신을 신고 집으로 돌아간다 오늘의 구름은 자웅동체, 골목들이 서로의 꼬리를 물고 끊임없이 흘러간다 속눈썹들이 거리에 날카롭게 흩뿌려졌다 한번도 손을 잡지 않은 촉감으로 흰 것들 위를 걸었다 두려워, 바닥을 마주대고 걷는 우리의 평행

이쪽의 무게가 저쪽의 암전으로 천천히 기울어갈 때 스민다는 말을 비로소 이해했다 당신을 신은 날에는 열 손가락에 날개가 돋아, 내 발을 감싼 당신이 힘겹게 입술을 여닫는다 두려워, 헐렁한 발목을 가진 것들은 어디로든 도망가니까 나는 비틀거리며 붉은 달력 속으로 숨어든다

내일은 멀고 오늘은 다 지나갔다 함께한 계절이 하루보다 짧았다 안경을 쓴 채 잠들면 저녁 내내 창문에 부딪혀 죽는 새의 꿈을 꾸었다 우리가 서로의 발가락을 물고 각자의 바깥이 되어가는 일이었다

들키지 마라

바람피울 거면 들키지는 말라고 애인은 말했다
알겠노라고 흔쾌히 답하고 나는 꽃 보러 간다

대놓고 바람과 내통중인 꽃들
아무것도 모르는 나무, 꽃 매달고
멀뚱히 선 나무와 간지럼 장난하다가
꽃에게는 너, 들키지 마라
슬쩍 속삭였던 것인데

저를 죽이러 오는 손가락의 체온을
사랑하게 된 하루살이처럼
내가 하루하루 시간과 내통한다는 것도
언젠가는 들키겠지만

아직 아무것도 모르는 애인에게
들키지 마라
그렇게 흔적만 남을 것,
흔적조차 오래 남지 않을 것

불면

해안가를 따라, 썩어가는 물속에서 고양이의 머리뼈를 건졌을 때 살찐 나의 몸이 못내 부끄러웠다 기괴한 형상의 돌들이 온갖 비유들을 모아쥐고 굳어갔지만, 그게 그들의 정처일 리 없었다 흡뜬 눈에 비해 풍경은 늘 비좁았으므로, 신발을 양손에 나누어 들고 얼룩진 눈을 한 채 새벽을 기다렸다 그날의 그림자는 꼬리를 길게 끌며 사라졌다

배웅과 마중,
서로를 견디는 방식

어떤 증식을 위해 이토록 많은 모래들과 떠도는 바람이 필요했던 걸까 더럽혀진 몸을 만질 때마다 자궁 속에서 순하게 죽었다는 남동생이 부러웠다 아무것도 그리워하지 않고 잠들 수 있을까? 감은 눈의 흰자위가 빠르게 녹아들면 젖은 나무들은 백야를 향해 뚜벅뚜벅 걸어갔다 불완전한 더듬이를 뻗어 잊혔던 풍문을 삐걱 열어본 순간, ……그게 내 얼굴일 리 없다, 그게 내 얼굴일 리가 없었다

파도가 밀어주는 계단 한 칸마다 발자국을 남기며
뼈 없는 표정들만 길게 누웠다

이제 누가 리라를 연주하지?

하나의 형식이 모든 내용을 결정할 때
오늘은 대설주의보

어제 위로 눈이 내리고
작별도 없이, 팔이 떠나네

가장 섬세한 머리카락을 뽑아
우리는 서로를 관통한다

나 대신 웃는 사람
너에게 가 묻고 싶어
흔적과 얼룩에 대해
흔적과 얼룩이 되어

무슨 말을 더 부려
네 바쁜 걸음을 내려놓고
밤의 현 위를 헤매게 할 수 있겠니

너는 웃고
나는 쏟아져
하나의 음표가
순식간에 모든 악보를 지운다

백 개의 눈송이를 손에 쥐고
우리가 나눈 길고 아름다운 오늘이
좀더 투명한 쪽으로 기울 때

청록색의 여인

우리가 태양의 발목을 거처 삼아 침식하던 시절, 제물로 바쳐진 가금(家禽)들의 피가 이 땅을 적실 때마다 하늘 가득 거대한 암소가 당신을 부르며 붉게 울부짖곤 했습니다

청록색의 여인*, 우리의 여주인이시여, 어떤 바람이 나뭇가지 위에 올라앉은 당신의 가늘고 사랑스러운 발목을 낚아채줄 수 있을까요? 당신이 아직 궁 속에서 여린 뼈들을 진동하고 있을 때에도, 나는 두렵고 두려워 이 끊임없이 증발하는 위태로운 생조차 당신에게 바칠 수 없었습니다

한번 죽어 영원히 눈 뜬 나의 여신이여, 세상 어떤 어둠이 있어 가여운 당신의 눈을 다시 감길 수 있겠습니까 자세를 고쳐앉아 식은 발자국을 껴안으려 해도 와닿지 않는 자취를 헤집는 일이 될 뿐입니다 하나의 삶이 수많은 죽음들을 표절하듯이, 달이 태양을 오역하여 하나의 창조적 필사본이 되었듯이

* 이집트 청동 와상에 새겨진 글귀.

마트로시카

늦은 새벽 애인이 울며 잠 속으로 전화를 걸어온다 깨어
보니 아무도 없어, 이 방 가득 나 혼자뿐이야 비가 오는데,
그림자조차 없이……

나는 조용히 답한다 세상에 발자국 하나 남기지 않고 살
다 가는 기린처럼 모두 방 하나에 자신을 영영 가둬두고 산
다고 그 안에서 나를 낳고 또 낳아 비좁은 방이 나로 가득
할 때, 아귀가 딱 맞는 몸들 속으로 기어들어간다 후우, 숨
내뿜으면 입안에서 흘러넘치는 어둠의 덩어리들

비가 오는데, 수만 겹으로 저를 복제하는 빗방울 속에서
두 발이 자꾸만 사라지는 새벽 세상에 발자국 하나 남기지
못하는 수십 개의 몸을 이끌고 전화를 받는다 겹겹의 몸속
에 갇혀 웅웅 거대한 울음의 힘으로 자전하는 지구의 검고
어두운 내부에서, 애인이 늦은 새벽 잠을 깼을 때

미러볼

좁고 음습한 방에서
눈을 잃은 네가 환하게 웃는다

여독에 지친 눈폭풍이
세상의 구석을 향해 투신한다
흰 새들의 주검이 땅을 덮는다

소리 위에 눈이 쌓여
이 땅을 난반사하고
나는 눈 덮인 지구의
캄캄한 뱃속을 떠올린다

반짝이는 것들이 품고 있는
(아름다운 어둠)

괜찮아, 모든 몸은
거울 없는 방이니까

네가 자전하고 있다
어두운 미로들을 가득 끌어안고
깨질 듯, 눈부신 듯,

블랙아웃

검은 날개 위로 초승달이 뚝뚝 떨어져 굳어가는 저녁, 서둘러 찍은 지문처럼 달이 반쯤 흐렸고 그것으로는 아무도 그의 신분을 증명해줄 수 없었어 소란한 꿈속에 숨어든 너는 나의 눈동자를 잠식하고, 흑자색 뿔을 가진 순록에게 나를 데리고 갔지 호흡을 멈추고 만져본 순록의 뿔, 그것이 나를 꿰뚫었어 관통된 순간 줄줄 흘러나오는 내 속의 어둠들! 나는 걷잡을 수 없이 침식되어갔는데 사방으로 흩뿌려지는 나의 독(毒)들을 주워담아…… 너는 멀어져가네……

눈먼 새가 동족의 뼈를 물어다 만든 둥지처럼 이 밤 가득 검은 꽃잎투성이였어 언제나 어둠만을 응시하는 저 새들이 일제히 달을 바라보는 이런 밤에는 달에도 이렇게 검은 꽃잎들이 하나둘 쌓이고 있을까 저 가련한 달이 흘린 촛농들 좀 봐 차갑게 녹아 흐르던, 잠시 다녀간 시선이었지만 오래 지워지지 않았지

농도 짙은 방

재채기하기 직전 너의 부푼 가슴에서 버려진 바람을 본다

몇움큼의 공기와 뼈를 스친 액체들과 안으로 뻗은 촉수로

제 속을 잘게 잡아뜯는 패각(貝殼)의 오랜 습관을 안다

열쇠 없는 몸을 가져 온몸으로 한 방이 된

손을 넣어, 불안한 가장자리를 만지며, 닿을 수 있는 곳까지

오랜 면벽(面壁) 뒤에 남는 아름다운 껍질들이 있다

숨을 크게 내쉬면 하늘을 뒤덮는 나 아닌 것들

모든 스킨십은 뼈를 향한다 예의를 모르는 손님처럼

제3부

요천(夭天)

 사십구재 내도록 흰 피로 가득하여 숨쉴 때마다 꽃물 문신 든 사람, 조등에 단내 나도록 닳고 닳아 더 죽을 목숨도 없는 사람, 함부로 명(命)을 쓰고 수치 속에 유배된 사람

 늦은 봄눈에 자목련 백목련 다투어 녹고 잦아도 그 낙엽 빛깔 맴돌며 흠향하는 이, 암시도 없이 멀리로 치달아 발굴될 한 켜 흙도 지니지 못한 이, 시들지 못하는 병을 얻어 푸른 채로 녹물 흘리는

 내 작고 더러운 사람, 오늘 너를 생각하여 헐거워진 아카시아 뿌리들로 움집을 엮으니 썩어 고인 물에도 구름이 비치고 밤이 길게 등을 누인다 비가 오면 땅속에서 나무뿌리들 숨죽여 흐느끼고 비스듬한 땅이라도 그 뿌리 단정히 스미어 같은 잎을 틔우건만, 흐트러진 그림자도 추스르지 못하여 기울어진 하늘을 간신히 받치고 떠난 이

헛바늘

혀끝에서 문장들이 박음질된다

침묵이 혀 밑에서 열매 맺을 때 나는 네가 심어준 씨앗이
라고 생각했다 언어로 뭉쳐 터질 듯 부풀어오른 그 열매 때
문에 모든 말들의 옷자락이 찢어졌어

그것의 이름이 씨앗이 아닌 바늘이라는 것을 알게 되었
을 때, 내게 간절했던 것은 소음이다 비명을 찢는 고막이다
둥둥 울리는 영혼이다 율격을 버린 바람이다 세상 모든 구
석진 곳에서 콸콸 흐르는 비린 음악이다 혀를 버리고 상징
을 버리면, 날카로운 소리에 뿌리내려 자라던 바늘이 곧 통
증을 거느린 씨앗이었으니

이제 너는 실 없이도
오래도록 나를 바느질한다

한 마리의 어둠

그는 이 짐승을 믿을 수 없어했다

불확실한 털과 뭉툭한 잇몸을 지닌
이쪽에서 저 너머로 몰려가는 흐린 짐승떼
그들이 부려놓고 간 그늘을 들여다보면
몸이 지워지고 한쪽 얼굴이 내려앉았다

그는 빛을 뒤집어서 꿰매는 사람
오므려진 매듭 끝에 맺히는
뜻밖의 무늬들이 아름다워
그에게 다가가 키스한다

밤이 우리의 눈꺼풀 안쪽을 물어뜯는 동안
발밑 가득 쏟아져내리는 달의 내벽(內壁)

서로의 어두운 입술을 나누며
나는 그의 몸속으로 환하게 흐르는
빛의 강을 상상한다

내 피가 뒤집혀 안이 바깥이 된다면
인간의 몸은 우주를 담을 수 있다[*]

우주의 주변을 서성거리던 짐승들의 발자국이
그에게로 깃드는 것이 보였다

* 조지 가모프.

방란(放卵)의 밤

만월이 올 때마다
우리는 다급히 결별한다

극피(棘皮)를 가져 무엇을 영영 겨누어야 할 때, 그 모진
피부로 그림자를 받아 마시고 내장을 토해낼 때, 자라나는
이빨에 화기가 돋아 너를 태우고 찢어낼 때, 입천장이 짙어
지며 고대(古代)의 등*이 켜진다

나에게로 흘러드는 너의 입자들이 진동하여 온몸의 선단
을 세운 채 허공에 흰 알들을 낳는 밤, 서로의 입속으로 걸
어들어가 스스로를 돌고 돈다 내가 가진 등불이 안으로만
향하는 눈동자가 되어 너의 표피에 새겨진다

내가 흘린 수많은 방들은 어디에서 주인을 얻을까 반사에
반사를 거듭하는 산란이 두터운 장막 속에 가려지면, 우리
는 춤을 추며 균형있는 불모가 될 수 있을 거야 너의 살에
단단한 거웃을 찔러넣어 가장 위험한 신경 끝에 두었으니

* 아리스토텔레스의 등(燈): 성게류의 씹는 기관.

달 속에 청어가 산다

달빛에 프리즘을 대면 푸른 비늘 자라나와 명치끝에서 일렁이네요 달에서 흘러나온 비린내가 도로 가득 퍼덕거리고 창 너머 저만치 아직 생존하는 그림자의 반짝이는 비늘, 그 비린 내음 한 동이 엎질러놓고 청어를 굽는 달밤

브레이크를 밟으려다 액셀을 밟았다더군요 과속으로 달려온 시간이 초침 끝에서 환하게 부서져요 생에서 가장 맛있는 부위는 초침에 붙은 시간의 살점, 껍질만 남은 그림자는 그 날카로운 끝에서 자라나죠

왜 모르겠어요 내가 바로 그림자인걸요 도로 위에 쓰러져 온몸을 퍼덕이던 한 마리 청어인걸요 가시와 가시 사이 가장 맛있는 살을 남김없이 발라내는 법을 알고 있어요, 푸른 비늘을 감추려 눈두덩에 짙은 화장을 하고 춤추는 법도

글쎄, 왜 모르겠어요
방금 훑어내린
生
한 점의 살도 남아 있지 않았다니까요

그믐밤

녹지 않아요
입속의 조각얼음
세계의 천장을 따라 고이는
붉고 비린 조각달

당신이 푸른 혀를 뻗어
굶주린 밤의 숙주를 어루만져도
숨겨두었던 면도날을 드러낼 뿐

얼음조각을 핥다가
당신은 혀가 다 닳았네요

말없는 당신을 안고
떠나요, 음수들의 나라로

이렇게 추운 몸으로 우리
매일 이 밤을 뜨고 질 텐데……

멍든 목구멍으로 발화되는
입안 가득 당신의 붉은 고드름

실핏줄을 타고 영영 뿌리내려
물렁하게 나를 감싸는,

초경(初鏡)

더이상 걸을 수 없기에 꽃이 되었다

다섯 조각으로 나뉜 밤, 두 다리 대신 이마가 먼저 열리는 여신의 방은 순한 물소와 양들의 잘린 머리로 가득했다

쿠마리, 너는 머리카락을 뿌리 삼아 거꾸로 자라는 보리수나무 같았다 몸에서 실타래가 풀려나가고 암수의 구별을 익힐 때, 사원에 등이 꺼지고 날카로운 밤의 조각들로 꾸민 제단 앞에서 너는 부풀어간다

꽃이 떨어지며 본래의 이름을 얻는다
거울은 깨어져서야 거짓 아닌 것을 비춘다

미간에 돋아난 눈이 처음으로 안을 향할 때, 그랬다 그곳에 밑을 두고 왔었다 계절과 짐승의 안부를 제 소관으로 삼기 위해 하반신을 버린 소녀야, 너는 유척(有脊)이 슬퍼 자꾸 안으로만 자라난다

새벽꽃

그 사람 손가락 마디마다 꽃 피우고 도망친 새벽, 무언가를 들킨 사람처럼 나는 황망히 얼룩졌는데 서둘러 빠져나온 거리에 덜 풀린 멍처럼 하늘이 맺혀 있었다 밤새도록 무섬증에 떨었을 불어터진 별들도 오늘만은, 매몰찬 애인처럼 나를 황홀하게 하네

골목들이 수군대며 길을 비켜주고 둘러보니 새벽의 거리에는 모두 도망치는 것들뿐이었다 사라져야 할 것들이 사라지지 않아, 눈 마주치지 않으려 멀리 돌아온 길목에서 도망중인 여자들의 아름다운 치욕과 자주 부딪쳤다 그럴 때마다 서로를 눈치채고, 그렇게 새벽을 이해한 여자들

숨죽인 하이힐 소리 따라
가도 가도 부끄런 꽃길뿐이어서,
새벽이 시들기 전에
또각또각, 다시 꽃 피우러 간다

은연

네가 피워문 담배의
휘어지는 자욱

그것이 드리워주는
흐르는 알갱이들

은청색 방에서
액체의 몸을 얻은 듯
나는 떠다닌다

    *

물이 마르고
무엇인가 앉았다 간 자리
가벼운 족적

스며드는 일에도 이음새는 필요해서
소모되려는 마음으로

얼룩진 자리에 손을 담근다
미지근한
은근한 악수

        *

손가락 사이로 흐르는 청백의 알갱이
그것만으로도
우리는 무엇인가 이룬 듯이

빗속의 블루마블

　마주앉아 주사위를 던지던 밤, 우리는 비에 젖은 도시들을 하나둘 쓸어모으기 시작했네 힘없이 손끝에서 녹아내리던 이국의 골목들, 온통 여관과 호텔뿐인 도시들 속에서 우리는 좀더 비릿한 곳을 찾아 위조지폐처럼 떠돌았지

　너에게로 떠난다는 것은 한 바퀴 돌아와 다시 제자리에 쓰러진다는 말, 도시의 행간에 몸을 누이면 성난 빌딩들이 서늘한 몸을 포개왔네 누군가 키운 파산을 먹고 자라나는 도시, 한 칸 그림자를 엎질러놓을 곳이 없어 우리는 흘러내리고 아무리 주사위를 던져도 도시는 내 것이 아니었어 도시의 이름들은 생에서 꼭 투병해야 할 병명일 뿐, 주사위의 수를 따라 앞다투어 자리를 바꾸던 별들이 유목의 좌표를 일러주었네

　이 밤을 구르던 거대한 주사위가 돌아오는 소리가 들려 흐르는 비와 혀를 섞다보면 어느새 당도해 있는 세계의 끝, 서울

3초 튤립

아무도 눈치채지 못했다
그녀 자신조차도

아주 잠시 동안 그녀는 완벽했다
새의 입속처럼 붉게 젖었다

그녀는 튤립이 된 줄도 모르고
노란 꽃술을 머리에 얹은 채
터질 듯 아름다웠다
섬광이 비쳤다

신맛을 생각할 때처럼
곧 전혀 다른 것이 밀려들어와
빛을 덮었다

퍼플 버블

보라색을 몸에 지니면 공방살이 낀다 해서, 편지를 씁니다 눈동자에 붙일 우표가 필요해요, 우표 한 장만 보내줄래요? 편지를 돌리느라 열두 개의 우표를 썼습니다 내가 바라는 건 오토바이를 타고 부릉부릉 날아온 우표

부화하는 방들, 나는 보랏빛 알들을 몸속에 잔뜩 슬어두었습니다 투명하게 부푸는 작은 거품들이 온통 가지를 치고 등불 매달았어요 완벽한 방, 퍼플 버블입니다 귓바퀴를 따라 보라색 거품이 흘러나옵니다 젤리처럼 일렁이는 부연 방 속에 잠겨 타인의 액체를 간신히 게워내는 오늘입니다

깃털이 끈적해진 채 휘파람을 부르다 주저앉습니다 스치는 목소리에도 소스라치고 보라색 즙들을 쏟아내며 동공 속까지 스며든 퍼플 버블, 이제 어떤 몸으로도 피신할 수 없어 나는 울먹울먹 출렁이며 두 눈을 닫아겁니다 몸속 가득 들어찬 방방마다 내가 부쳤던 편지들이 문패처럼 달렸습니다

당신이 보내준 우표가 도착하면 두 눈에 붙이고 이 우기를 보낼게요 오래 머문 곳은 희고 잠시 앉았던 자리는 붉은 수액으로 가득하지요 그 사이, 퍼플 버블―내 아름다운 보랏빛 방이 있습니다

홀

방이 너무 넓어
객(客)을 들이기에 난감하다

충분히 큰 홀수로
여러 가닥의 포자들이 내려와 앉고

못이 빠진 자리에 검은 진물이 고이면
밤은 외로운 입체가 되어갔다

두 팔의 균형을 잃었을 때
조금씩 하얘지는 기분이 되어
회오리 속으로 빨려들어간다

신기하지, 이렇게 무른 살을 지니고도
쏟아지지 않는 몸이 있다는 건

먹고 먹어도
채워지지 않을 공터였다

제4부

어느 새

어느 새는 뿌리부터 자란다 가장 부드러운 깃털을 뽑아 안개를 만들고 안개 속에서 사내들이 교통사고로 죽어간 다 더 슬픈 쪽으로만 기울어지던 시소와 하늘 가득 균열처 럼 분포하는 마른 나뭇가지들, 새가 가지 끝에 앉으니 꽃잎 들이 펄펄 끓는다 이제 새는 제가 낳은 알을 깨트리러 가는 중이다 새의 부리 속에서 시든 일력이 펄럭이고 숫자들은 하나둘 흘러내리고 소년들은 무럭무럭 자라 소녀들의 젖가 슴을 탐했다 젖몽우리가 단단해진 소녀들의 성생활은 대부 분 강간으로 시작된다 새의 부드러운 혀를 닮은 소음순이 자라고 비린 눈망울을 반짝이며 소녀들은 펄 매니큐어를 칠한다 손톱 속에 갇힌 달이 오열하는데 그녀들은 모른 척 서둘러 감정아이*들을 낳았다 둘러보면 안개처럼 매일매 일 새로 태어나는 신생아들뿐이었다 죽은 아비들은 흐려지 고 눈 깜짝할 새, 땅속에 내렸던 뿌리를 거두고

어느새
날개를 털며 날아가는,

* 몸엣것 없이 밴 아이. 즉, 첫번째 배란에 수정되어 밴 아이.

귓속말

깨진 도기(陶器)를 나누어 들고
우리는 서성인다

동행은 기이한 감각이어서
빛나는 혀를 길게 내어 물고
서로에게로 팽창한다

입과 귀가 밀착될수록
목소리가 끝없이 부풀어오르고
절단면이 더욱 날카로워지는,

이곳은 빛도 어둠도 관여하지 못할
분리의 세계

나눠 가진 두 귀의 절단면이
죽은 자의 턱뼈처럼 갈 곳을 몰랐다

소름

습기 찬 창에 물방울 돋는다

비 구경하러 올래요, 푸른 브래지어를 하고 두번째 애인을 기다린다 바람은 없었지만 나무들이 이따금씩 속눈썹을 길게 떨었다 지붕의 눈시울이 금세 그득해졌다 하나의 몸을 온전히 감각하기 위해 침엽의 아가미를 열어 보이는 저 숲

꿈꾸라, 잠든 애인에게 따스한 수액이 흐르는 엄지를 물린다 애인의 팔이 하나의 줄을 가진 악기처럼 진동한다 실가시로 가득 찬 밤하늘을 헤엄치는 애인이 창 위로 맺히고 나는 손가락 끝마다 주머니가 달린 듯 안으로 안으로 스며든다 한 줄기 흐르는 빗방울 앞에서 사람의 윤곽은 더욱 빛나는 선율을 가진다

우리의 몸에 머물던 안개들이
천천히 살갗 위로 흘러나올 때

팔걸이가 있는 의자

코끼리는 자기만의 의자를 가지고 싶다고 말했다 꼭 거만해 보이는 팔걸이가 있는 의자여야 해 방심하는 순간 언제나 도망칠 준비가 되어 있는, 명쾌하게 벌어진 여자의 두 무릎처럼 스스로를 탐닉하는 그런 팔걸이를 가질 수만 있다면 내가 가진 밤을 모두 바쳐도 아깝지 않을 팔걸이,와 팔걸이, 사이에 몸을 구겨넣고 정물처럼 굳어갈 수만 있다면!

코끼리와 나는 팔걸이가 있는 의자에 나란히 앉아 온몸의 뼈가 삐걱거리도록 뒤척였다 그것은 거의 음악이 될 뻔한 독백들이었지만, 무언가를 잃어버렸다는 것조차 잊어버렸다는 것을 기억해내고 팔걸이, 팔걸이, 되뇌다 보면 옆구리에 끼어 앉은 코끼리가 미치도록 어색해졌다 의자에서 벗어나려 몸을 꾸물거리는데 움직일수록 코끼리의 어깨가, 엉덩이가, 혈관들이 내 속으로 흘러들어왔다 팔걸이가 제문을 닫아걸고 있었다

섞여 돌아가는 몸들, 스치는 호흡 속 미묘하게 어긋나는 화음처럼 코끼리와 나는 서로를 용서하지 못하며 덩어리져

떠돌았다 이게 다 팔걸이 때문이야, 내 입과 합쳐지기 전 코끼리의 단말마 아니, 이건 어긋난 관성 때문이야 같은 숨을 얻어 오독된 맥락을 헤엄하게 되더라도, 우리는 결국 갇히고 또 벗어나려는 일에 말을 보탤 뿐 코끼리와 함께 반죽된 나는 이제 정물처럼 불협(不協)이다 닫힌 팔걸이,와 팔걸이, 사이에서

링반데룽*

내가 버린 네가 풍경으로 서 있다 오지도 가지도 않고 저만치 서 있다 이제 그만 돌아가, 너의 계절은 끝났어 그러자 너의 눈동자가 점점 초식동물의 그것으로 변하고 방울방울 사라지고 네 눈물 떨어진 자리에 폭죽처럼 터진 말줄임표들 씨앗으로 뿌려진다 싹이 트고 나무들 순식간에 나를 둘러싸니, 실뿌리들 혈관을 타고 올라와 귀가 점점 나팔꽃을 닮아간다 사방 자욱한 안개 속 식물들 몸 뒤척이는 소리뿐, 나는 굵은 뿌리가 된 다리로 하염없이 땅속을 파헤치고, 너를 쓰다듬었던 손이 가시 박힌 덩굴손이 되어 아무 가지나 휘어감아 자라나는데, 가지 끝에 올라 숲을 보니 온통 발광하는 초록, 초록의 덩어리들!

나는 아 아 아 아 소리도 잃고 잎사귀가 된 입으로 부질없이 어둠만 뱉어낸다 뚝 뚝 수액을 떨구며, 몸속 가득한 그늘 출렁이며 너를 부르는데 저만치 네가 돌아오는 소리, 나는 쫑긋 나팔꽃 귀를 세우고 덩굴손을 흔드네 여기야 여기, 버린 네가 다가와 나에게 키스한다 한 잎 한 입 나를 뜯어 삼킨다 네가 나를 먹는 동안 나는 순하게 잎사귀만 흔들

며 망연자실, 안개가 풀어낸 파편이 되어 사라지는 숨툴들
아무래도 이 숲의 초록은 계속될 것 같네, 네가 나를 삼키
고 결국 내가 나를 버릴 때까지

* 방향감각을 잃고 같은 지점을 맴도는 일. 환상방황(環狀彷徨).

각인(刻印)

길이 붉은 침엽수림 속을 걸었다

본디부터 그렇게 붉디붉은 빛은 아니었을 그 숲,

바람이 불 때마다 날카롭게 다듬어진 푸른 바늘들이

적막 속 반쯤 지워진 기억의 자리를 찔러보았을 것이다

상처를 주고 그 흔적을 제 몸에 새기는 것이

살아 있다는 증거라 여겼을 것이다 그럴 때마다

계절은 단단한 껍질로 갈아입고 서둘러 도망하는데

바람은 가장 아픈 곳을 향해 불고

제 몸을 새기듯 퍼지는 빛

내 속에 붉은 침엽수림이 스며가고 있었다

나비가 날아와 앉으려다 소스라치며 날아갔다

또 한번, 숲이 붉게 출렁거렸다

곁

어깨가 사라지고 있었어 대신 공간의 가지들이 자라나왔
지 가장 가벼운 점을 향해 작고 둥글게, 흐르거나 그림자가
될 것

아주 없어지고 싶었던 건 아니었는데 손가락 사이가 너
무 멀어져 몸의 짜임새가 헐거워지는 그런 날 옆에서 걷는
사람의 옷 솔기가 유난히 길어 보여

이상한 증발의 방식이었지 바람이 하강하여 왼쪽의 일을
알려는 건, 검은 씨앗을 쥐고 모래 속에 발을 묻어 스스로
의 가느다란 뼈를 돌고 또 도는 일

온도가 침범이 되는 고백들이 있었다 성긴 가루들로 빚
어져 잠시의 마찰로도 이내 흩어지는

골목의 가감법

술래는 눈을 감았다. 희미해진 발목으로 아이들은 실타래처럼 골목을 헝클어트리며 흘러다닌다. 마주치면 영영 사라지는 놀이를 하자. 외면하는 법을 일찍부터 익힌 몇몇은 길고양이를 만나 놀았고, 그들의 몰두는 아름다웠으나, 모두가 숨을 미세하게 바꾸어 쉬어야 했다. 찾으러 갈게, 이종(異種)이 되어 단정하지 못한 면역체계를 지닐 때 이름은 녹기 쉬운 물질이 되었다. 골목의 실뿌리가 녹내를 풍기기 시작하면 끝없이 머리카락이 자라나는 아이들은 얼크러진 표정으로 곳곳에서 스며나왔다. 찾기에도 들키기에도 난감한 흐린 저녁이었다. 문들은 오래 어두웠고 돌아갈 곳이 있다는 것은 어디에도 숨을 곳이 없는 것처럼 참담했다. 눈을 뜨면 침전, 숨바꼭질이 끝났지만 아무도 선명해지지 않았다.

메스칼린

내 몫의 꽃들은 검은 코트를 차려입고 떠났다 *너를 염려
하는 문명은 이제 멸종했어* 유리컵 속을 유영하는 꽃들의
풀어진 눈알들 *울지 마*, 일렁이며 꽃들은 허공에 제 무늬를
조금씩 놓아주곤 했었지 하늘을 뒤덮는 꿈의 조도(照度)

달아난 꽃들, 그들은 짓무른 발을 가졌고 혀가 메말라 종
일 비명만 질러댄다 그 음색은 몸속을 오래 떠돌다 손가락
끝에서 죽은 피가 되어 돌아오는 얼룩, 두 눈을 잠시 꺼두
고 한 알 발포정(發泡錠)이 되어 유리컵 속으로 녹아들면 물
속에서 일렁이던 낮별들이 화들짝 놀라 모래빛으로 흩어지
고 아직 누구의 응시에도 닿지 못한 사막이 출렁이기 시작
한다

둘러보니 온통 색으로 얼룩진 소리, 소리들 사방으로 흐
르는 거대한 팔레트 속이었다 나는 색에 흠뻑 절여진 음계
들을 훔쳐 유리컵 밖으로 도망한다, 뒤돌아보니 검은 코트
를 벗어던진 꽃들이 제 잎을 하나하나 떼어내어 징검다리를
만들며 다가오고 있었다 이제 어쩌나, 꽃잎처럼 터지는 기

포들을 따라 내 속에 거처하던 색들도 먼 길을 떠나가는데

인어의 시간

물의 요일에, 창문으로 떠오르는 낯선 사람들을 소매 끝
으로 문질러 지운다 방울져 떨어지는 얼굴들, 긴 여행에 지
친 바람이 도착하고 다시 떠나갔다 바다 위로 포말처럼 떠
다니는 이곳은 선상여관, 쓰여지지 않은 파도들이 몸을 떠
는 곳 거품뿐인 맥주를 마시며, 나는 나에게 굳이 건배하지
않았다

둘러보면 온통 난파된 바람들, 영혼을 버리러 떠나는 사
람들뿐이었다 조각배를 버리고 흠뻑 젖은 채 구조된 두루
마리 속 이름들은 모두 한 움큼의 가명이었고, 방명록에 남
긴 짧은 인사들처럼 죽거나 흩어지거나 어딘가로 스며들어
갔다 얼마나 더 사라져야 하는가, 흔들리는 물결을 바라보
며 사람들은 무릎을 모으고 그것만을 생각했다

바다를 어쩌지 못하여 몸이 범람하는 날도 있었다 투숙
객들은 그것을 멀미라 불렀지만 나는 그 울렁임을 인어
의 시간이라 불렀다 바다와 인간 사이에서 일렁이는 시간
들…… 말을 버리고 꼬리를 버리고 물 밖으로 걸음을 옮기

던 자의 비명이 수평선을 메우는 날이면 어김없이, 잃어버
린 꼬리를 닮은 물비늘들이 해안에 가득했다

　몸을 굽혀 파도를 줍는다 만개하는 거품들만이 머물 수
있는 유일한 방이라는 것을 알고 있었다 거품이 사라지기
전까지 꼬리에 붙일 비늘을 다 모아야 할 텐데 몸을 허공에
놓아주는 동안, 밤의 모든 비늘은, 자신의 어두운 심장에 뜨
겁게 칼을 박아넣은 자의 것이었다

스텝 바이 스텝

너는 나가고
나는 흡수된다

이것은 오래된 문에 대한
어긋난 습성이기도 해서

네가 윙크하면
나는 서둘러
(탕진한다)

어제의 손가락과 오늘의 목덜미 사이로
안개꽃 다발처럼 증발하는 감정들

애써 답하지 않아도, 우리는 그것이
선(旋)에 율(律)을 잇대어 간신히 연명하는 것임을
눈치채고 있었다

슬픈 속도,

요절하는 기술조차 없어
자동차 바퀴에 압사당하는
우리의 분홍들

풍문

진물 흐르는 여름입니다 작은 문(間)을 통과하며 불투명한 표식을 나누어 가진 지도 어느덧 오래전 일이군요 나는 당신을 서투른 각도로 기억하고, 당신은 나를 혐의 없는 치정으로 여기니, 서로에게 크게 부박한 일은 아니었겠지요

무형의 구름 속에서 흐리고 분별없는 비밀들이 자욱하게 뿌려진다는 것이 두렵지 않은가요 무릎을 모으고 작게 웅크려도 문은 줄어들고 아물지 못한 손금이 수선스러운 무늬를 이루며 깊어져갔습니다 비가 멎어도 주먹을 펼 수 없습니다

바람이 드나드는 문을 모두 닫아건 오늘
나는 호흡하고, 깊이 젖었습니다

아무것도 반사하지 못하여 타인의 창가에 턱을 괴고 거짓을 배워가던 시절, 세계가 어둠으로 차오를 때 창은 내 얼굴을 묻히고 흘러갑니다 바깥이 캄캄할수록 형상은 안을 향하는 것 그러니 누가 나에게 깃들겠습니까

수치심과 아름다움이 한 침대에 눕습니다 곰팡이 핀 도
배지 속에는 검은 물로 범벅된 낯익은 얼굴 오래된 상처일
수록 싱싱한 진물이 흘러나옵니다

투어(鬪魚)

빛나는 가시를 세우고 너에게 갈게

보고 듣는 것이 죄악이어서 무엇도 유예하지 못하고 부서져 완전해진 무늬가 되어 헤엄칠 때, 우리가 가진 비늘이 일제히 진동한다 지느러미를 펼치니 너와 나의 그믐

어쩌면 이렇게 단단하고 빛나는 것을 몸 안에 담가두었니

뼈, 거품 속에서 떠오른 얼굴. 그 얼굴은 심장에서 가장 먼 곳에 있어 네가 머물던 자리에 다른 비참이 들어선다 서로를 흉내내다가 서로에게 흉(凶)이 되는 순간. 늑골을 숨기고 촉수를 오래 어루만지면

우리는 두 개의 날카로운 비늘, 아름다운 모서리가 남겨졌다

아직은 목젖을 붉게 적시며 구체적인 오후를 꿈꾸고, 잃어버린 아가미를 찾아 돌아올 수 있을 거야 우리의 기도는

한곳만을 고집스레 방향하는 일이니, 깊이 고인 맹목이라
해도 헛된 문장만은 아닐 것

그러니 함께, 멀리로 가자
아름다울 몫이 남아 있다

여름의 사랑

허윤진

1. 존재가 녹는 계절

삶의 기본시제는 겨울이다. 신조차 얼굴을 돌린 채 우리로부터 뒷걸음질쳐 사라진 듯 마르고 추운 어둠이, 인간이 자리잡고 있는 존재의 풍경이다. 이혜미의 시집 『보라의 바깥』은 삶의 계절과 기후에 대한 인식에서 시작된다. 삶의 기본조건은 건조함과 추위이다. 아무런 물기 없이 막막하도록 건조할 때, 세상에 놓인 모든 대상들의 사이는 벌어져 있고, 존재들은 기형도의 '톱밥'처럼, 아니 사막의 모래알처럼 서로 서걱거리며 부조화 속에 존재한다. "건기의 끝자락에서 목마른 손톱이 서걱거렸다"(「카오스모스」). 건조하게 얼어 있는 세계 속에서 젊은 여자의 몸은 마치 토막 난 시체처럼 그 부분들이 산산이 흩어져 존재한다. 어떤 시에서는 손톱으로, 또 어떤 시에서는 발가락으로.

어째서 그녀의 몸은 제대로 된 형체 없이 처참하고 눈물 겨운 토막들로 남아 있는가? 아마도 그것은 그녀가 혹독한 고독을 돌파하는 방식 때문일 것이다. "쇄빙선도 없이, 오늘 나는 버려진 성의 이름을 가진 이곳에 이르렀네 추위는 한결 가셔 나에게는 아직 몇개의 발가락이 남아 있"(「피어리 아라베스크」)는 것처럼 인간이 갇혀 있는 빙벽은 너무도 높고 너무도 두터운 것이어서 쇄빙선의 행렬이 몰려들어도 쉽게 부술 수 있는 것이 아니다. 그 빙벽을, 이 무모한 여자는 가진 도구 하나 없이 자신의 몸만으로 녹이며 통과하려 한다. 자신의 몸을 붉은 불처럼 태워 빙벽을 녹이면서 그녀는 한기(寒氣)가 사라졌다고 생각하고 있는지도 모른다. 그러나 그녀의 몸은 동상에 걸려 붓고 너덜거리는 발가락처럼 떨어져나가버렸고, 그녀에게는 역설적이게도 몇개의 발가락만이 남았다.

그녀는 극지방의 추위에 대해 무엇을 두려워하고 있는가. 아니, 몸이 얼음보다 더 빨리 녹아 사라지면서도 발가락을 남길 만큼 절망적으로 가야 할 곳이 있었던 것인가. "눈먼 돌산들과 얼음안개 속에서 우리는 서로에게 도달할 수 있었을까". 여기에서 우리는 그녀가 빙벽을 통과해 도달하고자 하는 지향점을 알아보게 된다. '우리'라는 1인칭 복수 주어에 들어 있는, 그녀가 아닌 그 누군가가 바로 그녀의 도착지이다. 그 사람의 온기는 빙하를 녹일 만큼 강력한 것이다. 그녀는 차마 그의 이름을 직접 부를 수 없어 "아문젠"이라고 부르지만, 그 이름 뒤에 다른 남자가 숨어 있음을 우리는 안다. "얼음에서 물의 끈이 풀려나오고" "사람의 온도가 먼 지형의 모서리를 허"문다. 그 사람의 전부도 아닌 윤곽이 그녀가 살아가고 있던 세계의 어스름한 형태를 뒤바꾸는 것이다. 그리하여 세계의 앞과 뒤를 막고 있는 것처럼 느껴졌던 빙하는 '얼음'의 느낌으로 축소된다. 그의 존재로 말미암아 그녀의 세계에 바야흐로 해빙기가 찾아왔기 때문이다. 느리고 더딘 변화 속에서 고체의 세계는 액체의 세계로 변모한다.

그런데 해빙의 삶은 그녀의 몸을 온통 두르고 있던 삭막한 추위를 일시에 벗어던지게 할 구원의 삶인가? 안타깝게도 그녀는 타인을 통한 구원이 그렇게 낭만적이지만은 않다는 것을 잘 알고 있다. 그래서 얼음이 녹아서 만들어진 "물의 끈"은 곧 그녀의 목을 감는 "차고 말랑한 끈"이 된다. 고독의 돌파가 자신의 소멸 혹은 살해(自殺)로 이어질 수도 있다는 위기감마저 느껴진다. 인간은 자신이 사라진다는 것을 두려워하기에 원래의 성질을 보존하려는 관성을 지니고 있다. 그러나 빙벽을 해체하고 싶게 만드는 타인의 존재 앞에서 우리는 때때로 도약을 감행하게 되고, 여기에는 존재가 변화할 때의 어찌할 수 없는 아픔이 수반되기 마련이다.

그녀는 존재의 물리적 성질마저도 뒤바꾸는 그에게 매우

섬세하고 예민한 마음을 전한다. "광물의 조흔색을 흉내내며 당신 살에 얼굴을 부비면, 나에게서 조난당한 탄흔들이 당신에게로 쏟아져내릴까요"(「얼음편지」). 이토록 우회적이고 수줍은 고백이라니! 「피어리 아라베스크」에서 "빙궁의 벽에 붙을 대"던 그녀는 용기를 내어 어느덧 가까운 2인칭이 된 '당신'의 '살'에 얼굴을 부비고 싶어한다. 따스함을 갈구하고, 또한 따스함을 만들어내는 이 행위를 통해 그녀는 자신을 관통한 오랜 상처들을 위로받고 싶어한다.

한편으로 그녀는 자신의 상처들이, 자신도 어찌할 수 없는 고통의 흔적들이 자칫 자신들의 관계를 냉각시킬까 두려워하고 있다. 이 시집에서 반복적으로 등장하는, 얼음의 변형이기도 한 '눈'은 사실상 시집 전체의 주인공이라고 할 익명의 그녀 자신이 입자화된 형태라고 할 수 있다. 그녀는 심장의 혈관까지도 얼어붙어 있을 것 같은 눈의 여왕. 그녀에게 타인의 존재로 말미암아 봄이 찾아오면, 여름이 찾아오면, 그녀의 세상은 습기로 가득 찬다. 아니, 열정과 더불어 범람한다. 사막과 극(極)이 결합된 그녀의 세계를 이렇게 뒤바꾸는 기후 변화를 우리는 무엇이라고 불러야 할까. 그 이름은 아마도, 사랑일 것이다.

2. 조류와 어류의 사랑

사랑의 생태계로 찾아드는 작고 여린 존재들. 그들의 비극은 그들이 서로간의 거리가 아주 먼 부류라는 사실에서부터 시작된다. 생물학적인 연관성이 아주 먼 개체들간의 결합은 경제학적으로나 생물학적으로나 생산적이지 못하다. 그러나 그 누가, 사랑의 순간에 생산성을 따질 수 있겠는가.

바야흐로 지금은 우기(雨期), 존재가 타인을 향하여 범람하는 장마와 홍수의 계절. 그리고 그녀가 건기 대신, 빙하기 대신 겪고 있는 우기는 정확하게 한 사람만을 가리키는 시간이다. 『보라의 바깥』을 지배하고 있는 습기의 이미지는 사실 시인이 형상화하고 있는 연인의 속성과 아주 밀접하게 연관되어 있다. 「측백 그늘」은 시인이 만들어내는 이미지들이 어떻게 운동하는지를 이해하는 데 중요한 시편 중하나이다. 문장과 문장이 이어지면서 만들어내는 이미지의 리듬은 그 자체로 아름다운 하나의 강과도 같다. 나는 이 시를 일부러 옮기지 않는다. 당신이 그 시를 나와 함께 읽기를 바라기 때문이다.

그녀는 분명히 적어두었다. "이끼 덮인 너의 몸은 요동치는 한 마리 물고기였네". 이제 그녀가 어째서 차갑고 딱딱한 얼음의 세계에 갇혀 있었는지, 그 신비가 정체를 드러낸다. 그녀가 홀로 있는 상태조차 그와의 만남을 위해 미리 준비되어 있던 것인 모양이다. 그가 자신의 존재로서 온도의 충격을 주었을 때 그녀는 자연스럽게 녹아내려 그가 살 수 있는 공간이 된다. 그는 그녀 안에서 마음껏 호흡하고 마음껏 헤어진다. 그가 그녀 안에 있는 것은 음침한 상상을 불러일으키는 관능적인 열락과는 성질이 다른 듯하다. 적어도 그녀의 관점에서 볼 때, 그는 그녀 안에 살아야만 생존 가능하다. 어쩌면 이 거대한 수중세계는 '물고기 남자'를 사랑한 여자가 가질 수밖에 없는 거대한 착시의 구조인지도 모를 일이다. 그녀는 이미 그에게 완전히 매혹되었고, 그래서 "반만 처녀"일 수밖에 없다. 그의 아내가 아니기에, 그와 결혼하지 않았기에 그녀의 법적 신분은 처녀이다. 그러나 이미 개념적으로든 실질적으로든 그와 한몸이 되었고, 한몸이 되기를 원하는 그녀는, 남자를 모르는 여자, 즉 처녀가 아닌 것이다.

사랑의 초반을 지배하는 것은 동일화의 욕망이다. 그와 그녀는 서로 같아지기를 원한다. '물고기 남자'를 사랑하는 여자가 '물고기 여자'가 되기를 원하는 것은 당연한 일이다. 바따유의 『에로티즘』에서도 설명되었듯이, 성적(性的) 결합을 통해 개체와 개체 사이의 거리는 0에 가까워진다. 남자와 여자를 가리고 있던 옷이 내던져지고 둘이 완전히 벌거벗은 상태로 서로의 피부를 맞대는 행위 속에서 여자는 남자와 같은 몸이 되는 듯한 환상에 사로잡힌다.

한 번의 몸짓을 한 줄로 표현하는 듯 박력있게 다가오는 「어비목(魚比目)」은 물고기 남자를 사랑해서 물고기 여자가 되는 듯한 희락에 사로잡혔던 그녀의 가식 없는 고백이리라. "엇대인 두 아가미가 투명한 회문(回文)으로 얽혀들면//아직 아무것도 피어나지 않는 이음새의 시간"이라는 두 문장에서 분명하게 드러나고 있는 것처럼. 시작과 끝이 같은 관계, 단절의 기미라고는 찾을 수 없는 관계를, 그녀는 그토록 생생하게 꿈꾸었나보다.

어류는 대체로 산란(産卵)을 통해 번식한다. 대개 암컷이 알을 낳으면 수컷은 알을 수정하는 역할을 한다. 김승희의 시에서 난생(卵生)의 꿈이 달걀과 가까이 있다면, 이혜미의 시에서는 물고기의 투명한 알과 가까이 있다. 연인의 전화번호 단축키가 '0'이라는 사실에서 시작되는 「0번」은 일상의 습관을 예리하게 관찰한 결과로 탄생한 시이기도 하지만, 시적 무의식으로는 산란의 이미지와 결부되어 있는 듯하다. 「퍼플 버블」에서 그녀는 말한다. "부화하는 방들, 나는 보랏빛 알들을 몸속에 잔뜩 슬어두었습니다 투명하게 부푸는 작은 거품들이 온통 가지를 치고 등불 매달았어요 완벽한 방, 퍼플 버블입니다 귓바퀴를 따라 보라색 거품이 흘러나옵니다". 그녀는 시어들을 정확히 사용하면서 자신이 어류가 되는 환상을 품고 있음을 숨기지 않는다.

자신이 인간이라는 사실은 그녀에게 슬픔의 근원이다. 어류인 그에게로 가까이 다가갈 수 없기 때문이다. 그래서 그녀는 역전된 인어공주의 꿈을 꾼다. 원래의 동화에서 인어공주는 반인반어이기는 하지만 바다에 살아야 한다는 점에서 어류의 속성이 강했다. 그녀는 연인을 쫓기 위해 인간이 되는 쪽을 선택한다. 반면 이 시편들 속의 여자는 연인과 같아지기 위해 어류가 되는 쪽을 선택한다. 그녀는 언어를 매개로 하여 인간의 몸을 어류의 몸과 맞바꾸는, 음화(陰畵)의 인어공주다. 「인어의 시간」에서 그녀 인어공주는 음화의 인어공주만이 지닐 수 있는 언어가 무엇인지를 비극적으로, 더할 나위 없이 아름답게 읊는다.

인어공주가 행복하게 살았다면, 그녀의 삶 역시 조금은 달랐을까? 연인과 같아지려 한 여자들에게는 안타깝게도 파멸의 운명이 예정되어 있다. 인어공주가 연인의 심장을 차마 칼로 찌르지 못해 결국 물거품으로 사라져갔듯이, 그녀 역시 사라져갈 운명이다. 여기에서 산란의 꿈이 애초부터 가지고 있던 비극성이 다시 한번 부각된다. 형태적으로도 (물)거품을 닮은 물고기의 알은 사실 그녀를 가두고 있는 작은 방이며, 「0번」에서도 드러나듯, 작은 "관"이고 "무덤"이다. 연인과 문자 그대로 '짝짓기'를 하고 싶다는 그녀의 열망은 안타깝게도 그녀를 연인을 닮은 것들에 잠식되게 만든다. 그녀의 뱃속에 들어 있는 동그란 알들, 동그란 방들이 곧 관이고 무덤이니, 그녀는 그를 사랑할수록 죽어가게 되었으리라.

물고기는 물 밖으로 나왔을 때 신선도를 잃는다. 그리고 물고기를 적정온도 이상의 물체와 가까이 두었을 때 그것은 부패의 악화일로를 걸을 수밖에 없다. 서로를 탐닉하는 물고기 남자와 물고기 여자는 탁한 눈빛으로 상해갈 수밖에 없다. 호흡을 위해 아가미를 열어보았자 몸이 썩어들어가는 현실이 뒤바뀌지는 않는다. "그래 우리는 만져줄수록 흐려지고 미쳐해지는 병에 걸렸어."(「물의 방」)라는 문장은 그녀의 객관적인 진단인 것이다.

물고기들의 키스는 그래서 낭만적인 꿈으로 귀결되기보다 현실적인 아픔으로 끝난다. 그녀에게 간절했던 것은 "소음이다 비명을 찢는 고막이다 둥둥 울리는 영혼이다 율격을 버린 바람이다 세상 모든 구석진 곳에서 콸콸 흐르는 비린 음악이다"(「혓바늘」). 그녀가 그토록 즐겨 쓰는 단어 중의 하나인 '비리다'라는 말은, 그녀가 누구와 입을 맞추었는가를 충분히 짐작하게 한다.

육체의 피로와 영혼의 고단함 사이에서 찢겨버린 그녀는 온통 혓바늘이 돋아 말을 잃을 지경이다. 그녀는 혓바늘을 연인이 심어놓은 "씨앗"으로 '착각'했지만 그것은 어떤 풍요로운 결실을 맺는 식물의 이미지가 아니라 금속성의 날카롭고 긴 물체의 이미지에 가깝다. 그녀를 찢는 "바늘"의 이미지는 어디서 온 것일까?

바늘은 가시의 변형이다. 그녀의 세계에 한때 살았던 물고기 남자는 그녀가 그를 만지는 시간 속에서 비늘의 빛을 잃고 상하고 부패하여 어느덧 화석과도 같은 형해(形骸)로만 남는다. 대부분의 어류가 죽고 나서 남기는 것은 날카로운 가시들이다. 작고 가는 뼈들은 물고기를 탐하고 먹어치우는 자들의 입안과 잇몸에 불편하게 박혀 그들을 오래오래 괴롭힐 것이다. 그와 몸을 부비고 나서 그녀에게 남은 것은 그녀의 온몸에 박힌 그의 가시들뿐이었나.

버들붕어에 대한 노래인 「투어(鬪魚)」에서 그녀는 연인과 같아지려는 욕망, 그러니까 아가미를 함께 가지려는 욕망을 시의 끝에 이를 때까지 포기하지 않는다. 그러나 그녀는 현실을 분명히 인식하고 있다. 사랑의 결과는 냉혹하리만치 환상과 멀 수 있다는 것을. 어류와의 사랑 속에서 그녀는 "뼈, 거품 속에서 떠오른 얼굴"을 보게 된다. "그 얼굴은 심장에서 가장 먼 곳에 있어 네가 머물던 자리에 다른 비참이 들어선다 서로를 흉내내다가 서로에게 흉(凶)이 되는 순간"이 찾아온다. 연인들이 서로의 존재 깊숙한 곳에서 발견하게 되는 뼈가, 얼굴이, 바늘이 서로를 찌르는 흉한 재앙의 무기가 되는 것이다. 그러므로 그녀에겐 살기 위해서 그를 떠나야 한다는 운명의 명제가 도출된다.

3. 숲의 형성

어류를 사랑했던 그녀는 누구였을까. 그가 떠나고 나서, 혹은 그를 떠나고 나서 발견하게 되는 그녀의 정체성을 찾기 위해서는 애초에 빙벽 속에 잠들어 있던 그녀를 다시 깨워와야 할 것이다. 그녀의 세계가 그와의 만남으로 말미암아 우기를 맞은 것은, 한편으로는 어류인 그를 위한 것이기도 했지만, 한편으로는 그녀 자신을 위한 것이기도 했다. 이른 비와 늦은 비가 내리는 풍경 속에서 식생(植生)은 놀랍도록 다양해지고 무성해진다. 지금은 "진물 흐르는 여름"(「풍문」)인 것이다. 『보라의 바깥』에서 활성화된 이미지는 식물적인 상상력에 기대어 있다.

이혜미의 시에서 식물의 비유가 사용될 때 그것은 주로 '뿌리가 없는' 상태로 그려진다. 예컨대 네팔에서 초경(初經) 이전의 흠 없는 소녀를 뽑아 살아 있는 여신으로 신격화한 쿠마리가 등장하는 「초경(初鏡)」이라는 시를 보자. 초경이 시작됨으로써 임신할 수 있는 여성으로 변화하면 아름다운 소녀는 사원 밖으로 쫓겨나 대개 창녀촌에서 일생을 마치게 된다. 비천한 여신인 쿠마리는 "머리카락을 뿌리 삼아 거꾸로 자라는 보리수나무"와 "하반신을 버린 소녀" 등으로 묘사된다. 어쩌면 성장을 하고 여인이 되는 것이 두려운 소녀에게, 하반신은 버려져야 할 대상인지도 모른다.

인어가 되기를 원하는 충동 역시 인간 여자가 아니기를 원하는 또다른 열망과 맞닿아 있을지도 모를 일이다.

식물의 뿌리는 대개 중력의 방향으로 자라난다. 뿌리는 또한 식물을 정주하게 한다. 유추해보면 뿌리가 없고 하반신이 없는 여성은 근원의 중력을 거부하고 정착을 거부하며 유영(游泳)하고자 한다. 실핏줄 같은 뿌리는 정착의 생명력을 상징하기에, 연인과 언어에 스며들고자 하는 바람이 생길 때에 그녀가 "냉해 입은 식물의 어두운 뿌리가 되어 문장들 속으로 저물어가고 싶"(「얼음편지」)다고 말하는 것은 자연스러운 발상이다.

시에서 드러나는 이미지의 역동적인 운동성을 현상학적으로 서술하는 바슐라르의 설명에 따르면, 새는 나무의 잎사귀와 같다.(『공기와 꿈』) 나무는 사실 매우 복합적인 시적 이미지인데, 뿌리로는 중력을 통한 하강을, 잎새로는 비상을 통한 초월을 꿈꾸기 때문이다. 비상의 축은 새(鳥)의 이미지를 덧입고 펼쳐진다. 연인의 존재를 통해 시공간을 왜곡하며 탄생한 짙푸른 여름의 숲은, 그녀로 하여금 비상하는 숲으로서의 자신, 숲의 날개인 새로서의 자신을 발견하게 한다. 연인이 나타났던 초봄 같고 초여름 같은 짧은 시간은 담담하게 회상된다.

내일은 멀고 오늘은 다 지나갔다 함께한 계절이 하루

보다 짧았다 안경을 쓴 채 잠들면 저녁 내내 창문에 부딪
혀 죽는 새의 꿈을 꾸었다 우리가 서로의 발가락을 물고
각자의 바깥이 되어가는 일이었다

—「거울 속 일요일」부분

　연인에 대한 환상에서 벗어나 연인을 잊고 고독한 무덤
같은 잠 속으로 들어간 여자는 흥미로운 꿈을 꾼다. 이 시
의 앞부분에는 날개를 지닌 여자가 등장한다. 여자가 자신
의 존재를 발견하게 되는 것은 연인과의 차이를 통해서이
다. "당신을 신은 날에는 열 손가락에 날개가 돋아, 내 발을
감싼 당신이 힘겹게 입술을 여닫는다". 여자의 정체성이 이
미 예고되었기에, "죽는 새의 꿈"은 사실상 현실의 반복에
지나지 않는다. 시집 전반에 간헐적으로 등장하는 '유리벽'
의 이미지는 이 시에서 창문으로 변주되는데, 이 투명한 벽
은 존재와 존재 사이의 문제적인 경계를 상징한다. 벽이 존
재하지 않는다고 생각하고 기꺼이 상대방을 향해 흘러간,
혹은 날아간 이들은 결국 그 어쩔 수 없는 벽 앞에서 피를
흘리며 죽어갈 수밖에 없다. 어쩌면 날개 달린 여인은 연인
과 같아지기 위해서 자신의 본질을 기꺼이 포기하려 했는
지도 모른다.
　축복인지 저주인지 우리가 단정할 수는 없으나, 차이로
서의 정체성은 끈질기게 살아남는다. 『보라의 바깥』의 곳

곳을 그야말로 실뿌리처럼 파고드는 새들의 이미지가 그 사실을 증명한다. "여독에 지친 눈폭풍이/세상의 구석을 향해 투신한다/흰 새들의 주검이 땅을 덮는다"(「미러볼」)는 표현은 여자의 결빙된 자아가 새떼의 이미지와 색채상으로 결합된 아름다운 문장이다. 특히 「어느 새」는 그녀가 자신을 발견하고 인식해가는 성장소설적인 구조를 띠고 있다고 할 수 있을 정도이다. 나뭇가지와 새와 뿌리가 뒤엉켜 있는 이 시는 설명할 수 없는 시인 자신의 그로테스크한 형상을 고스란히 닮아 있다.

존재의 시간적인 정반합이 있다고 할 때, 연인을 만나기 전의 상태, 연인을 만나는 동안의 상태, 그리고 연인을 떠나고 나서의 상태는 서로 동일할 수가 없을 것이다. 그녀에게도 사랑을 통한 해빙 이전의 삶과 해빙 이후의 삶은 같을 수가 없었다. 그녀의 삶에 그가 남긴 흔적은 무엇인가. 조류와 어류의 사랑이 잉태한 존재의 모습은 어떠한가.

우리는 「각인(刻印)」이나 「소름」과 같은 시편들에서 이 질문에 대한 대답을 찾을 수 있다. 제목에서부터 촉각적인 경험의 흔적이 배어나오는 두 편의 시에서 그녀가 꿈꾸고 실현하게 된 새로운 존재의 양태는 바로 '침엽수림'이다. 물의 상상력과 새의 상상력을 동시에 포괄하는 숲의 상상력이 아가미와 바늘을 만났을 때, 그것은 침엽(針葉)의 이미지를 낳게 된다. 비록 타인의 얼굴인 '뼈'가, 그것의 이미지적 변형인 바늘이 그녀 자신을 아프게 쿡쿡 찌르고 그녀로 하여금 시집의 곳곳에서 출혈하게 하더라도, 그녀는 침엽수림에서만이 복낙원을 누릴 수 있다. 「각인(刻印)」에서 그녀는 그를 만났던 계절을 "길이 붉은 침엽수림"을 산책하며 회상한다. 세계에는 단절과 출혈의 기미가 가득하다. 그녀의 낙원인 숲은 "본디부터 그렇게 붉디붉은 빛은 아니었을" 것이다. 타인이, 타인의 언어가 부재하는 "적막 속"에서 침엽은 더욱 날카롭게 벼려진다. 이별과 상실 속에서 그녀의 내부는 무덤과도 같았던 허상의 거품 대신, 고통스럽게 직립한 깃털-침엽으로 빼곡하게 채워진다.

그녀는 피를 흘리면서 가장 그녀다워진다. 그녀의 젊음이 이별과 죽음으로 가득 채워져 있는 것을 보는 것은 우리를 고통스럽게 만든다. 그러나 그녀는 그녀의 언어 뒤에 숨어 있는 비겁한 우리의 생각보다 더 용감하여, 온통 피칠갑을 하고도 다시 날개를 추스릴 것이다. 가장 자신다운 색깔인 "푸른" 색의 속옷만을 입고 "두번째 애인을 기다"(「소름」)릴 것이다. 그녀는 고집스럽게도 부류가 다른 존재와의 사랑을 계속해서 꿈꾼다. 그래서 그녀가 바라보는 숲에는 "침엽의 아가미"가 있다. 그녀의 현재를 가능하게 한 과거의 흔적("아가미")을 고스란히 감싸안은 채로, 그녀는 부끄러움을 감수한다.

"꿈꾸라". 이것이 그녀의 전언이다. 잠과 꿈 속에서 애인과의 거리는 점점 더 멀어지겠지만 "사람의 윤곽은 더욱 빛나는 선율을 가"지게 될 것이다. 사랑 속에서 우리는 점점 더 달라질 것이다. 그녀가 자신의 시작으로부터 상당히 멀어진 것처럼.

또다시 여름이다.

許允溍 | 문학평론가

모래 속에 손을 넣어 지그시 움켜쥐는 감촉이 좋았다. 손가락 사이로 무성하게 흐른 알갱이들이 발치에 작고 엉성한 무덤을 만드는 일은 아름다웠다.

검은 타이어로 둘러싸인 씨름판 속이었다. 문득 고개를 들어보니, 스산한 운동장에 홀로 앉아 있었다. 수업에 늦은 교실로 돌아가는 길은 춥고 깊었다. 자리에 돌아와 짝을 쳐다본 순간, 소스라치던 그애의 표정을 기억한다.

더러운. 불쾌한. 가루져내리는. 벌레 같은.

나는 모래로 채워진 몸, 덩어리진 균이었을까. 초등학교 일학년 때의 일이다. 그 후로 학교를 세 번 옮겼고, 사람의 바깥에서 오래 머물렀다.

그 늦가을 운동장에서, 누군가 한 명이라도 모래 속에 파묻힌 나에게 교실로 돌아가자고 말했다면, 나는 아마 이 글을 쓰고 있지 못했을 것이다. 그래서 나는 사라졌던 내 어깨를 아름답다 여긴다.

시를 쓰면서, 다시 사람 안으로 걸어들어가 그 빛으로 연명하는 법을 배웠다. 사람은 홀로 있을 때 돌연 아름답지만 그 아름다움은 곁에 있음이 잠재된 홀로임을 믿는다. 우리는 타인 안에서 자신의 빛나는 지점을 찾기 위해 온생을 바친다. 그렇기에 나는 '아름다움'이 '아(我)다움'에서 비롯되었다는 어원을 믿는다. 나를 흡수하고 또 반사하며 빛을 보태준 인연들과 사랑하는 부모님, 부족한 첫시집을 믿고 힘을 쏟아주신 창비에 깊이 감사한다.

아직도 눈을 감으면 보이는, 운동장 구석 자기가 만든 모래무덤 안에 웅크리고 있던 작고 더러운 아이에게 이 시집을 건네주고 싶다. 거기 있어줘서 고맙다고, 오래 아(我)답자고.

2011년 9월 옥탑에서
이혜미

창비시선 335

보라의 바깥

초판 1쇄 발행/2011년 9월 26일
초판 13쇄 발행/2024년 8월 19일

지은이/이혜미
펴낸이/염종선
책임편집/전성이
펴낸곳/(주)창비
등록/1986년 8월 5일 제85호
주소/10881 경기도 파주시 회동길 184
전화/031-955-3333
팩시밀리/영업 031-955-3399 편집 031-955-3400
홈페이지/www.changbi.com
전자우편/lit@changbi.com

ⓒ 이혜미 2011
ISBN 978-89-364-2335-3 03810

* 이 책은 서울문화재단의 2009년도 문예창작기금을 받았습니다.
* 이 책 내용의 전부 또는 일부를 재사용하려면
  반드시 저작권자와 창비 양측의 동의를 받아야 합니다.
* 책값은 뒤표지에 표시되어 있습니다.